ÉPITRE

AU ROI,

OU

Ce qui se passe à la Cour

LE PREMIER JOUR DE L'AN.

PRIX : 75 CENTIMES.

PARIS,

CHEZ GUYONNET, ÉDITEUR,

RUE D'HANOVRE, N° 4;

Et chez tous les Marchands de Nouveautés.

1830

ÉPITRE AU ROI,

ou

CE QUI SE PASSE A LA COUR

PREMIER JOUR DE L'AN.

A notre souverain enverrai-je une Épître ?
Moi, rimeur inconnu ! de quel droit ? à quel titre ?
Cependant, si je dis d'utiles vérités,
Mes vers par le lecteur vont être médités ;
Cet espoir me sourit, me charme, me rassure :
Je puis rimer sans crainte et braver la censure.
Ma main se raffermit ; je reprends mes crayons :
O Muse ! inspire-moi ; je t'implore. Essayons.

Adroits ambitieux, vers le palais du Prince
Accourez à grands pas du fond de la province ;
Venez aussi, venez, insidieux flatteurs,
Offrez à votre Roi vos hommages menteurs ;
Dites-lui que le peuple, ignorant la souffrance,

bénit notre bonheur avec toute la France,

Dites-lui que le fisc, dans vos départemens,

De l'impôt sur les vins reçoit des complimens ;

Que nobles et bourgeois, fermiers, propriétaires,

Vantent de cet impôt les faveurs salutaires,

Et qu'ils disent tout haut (je l'ai bien entendu) :

« Prenez tout, prenez tout, puisque tout vous est dû.

» Cultivez, recueillez, nous aurons moins de peines ;

» Nos vins seront pour vous, pour nous l'eau des fontaines. »

Surtout vantez-lui bien ces jours d'élection,

Où la bonne foi règne et non l'opinion,

Où l'esprit de parti, l'ambition, l'intrigue,

Écartés, rebutés, ne forment point de brigue ;

Où des Périgourdins le fruit trop peu vanté

N'a pas fait électeur un sot bien patenté,

Et d'un bon citoyen, d'un zélé royaliste,

Un ultra-libéral, un fier bonapartiste.

Dites-lui qu'en ces jours là sévère équité

Dans l'intérêt de tous nomme le député ;

Que la voix de l'honneur, qu'en vain l'on croit perdue

Est la seule qui parle et la seule entendue,

Et que jamais Jésuite, au sortir d'un dîné,

De se voir Jacobin ne parut étonné.

Dites à notre Roi que jamais bruit sinistre

N'a couru dans Paris sur tel ou tel ministre ;
Qu'on les voit diriger les rênes de l'État
Avec la main habile et l'œil d'un potentat ;
Que des deniers publics ils ne sont pas avides,
Qu'ils sortent des emplois le cœur pur, les mains vides,
Et que, Sully nouveaux, ayant l'honneur pour loi,
Ils ont très-bien servi la patrie et le Roi.

Beau discours ! j'aime fort ces phrases ampoulées
Et tant de vérités en rimes étalées.

Poursuivons. Accourez, vous aussi, courtisans,
Vous, de la vérité généreux partisans,
Qui, dès qu'elle paraît, courez ouvrir la porte,
Et la fermez soudain, de peur qu'elle ne sorte ;
Venez, accourez tous ; vantez à votre Roi
Votre zèle sincère et votre bonne foi :
On sait quelle candeur de tout temps fut la vôtre,
Et vous riez d'un œil, quand vous pleurez de l'autre.

Venez aussi, noblesse ; au Roi faites la cour,
Et mettez à profit ce favorable jour ;
Présentez-lui vos vœux, vos hommages sincères :
Autant que vos vertus vos bras sont nécessaires.

Dites à votre Roi : « Si le jour du danger......,
» Sire, nous sommes là pour punir et venger.
» Émules des Crillon, des Bayard, des Xaintrailles,
 Suivant votre panache au milieu des batailles,
» Au digne descendant du plus cher des Henri,
» De nos fers, de nos corps, nous ferions un abri. »

Oh ! que ces sentimens sont beaux, sont honorables !
Je les suppose vrais, solides et durables.

De l'antique faubourg, marquises, approchez ;
Sur la pointe du pied, vers le Prince marchez ;
Faites la révérence, et, vantant vos disgrâces,
Gardez-vous d'oublier de demander des places.
Demandez-en pour vous et pour tous vos parens.
Autrefois, à la cour tenant les premiers rangs,
Vos illustres aïeux avaient des bénéfices,
Des rentes, des emplois, des charges, des offices.
Vous ne réclamez rien que vous n'ayez perdu,
Et vous aurez un jour tout ce qui vous est dû.
Nous vivons sous un Prince ami de la justice ;
Ne doutez qu'à vos maux son cœur ne compâtisse ;
On pèsera vos droits au poids de l'équité,
Et l'on doit des égards à votre antiquité.

Imposante sans faste, et belle sans parure,
Approchez, approchez, noble magistrature ;
Vous vengez l'innocent, secourez l'opprimé,
Et contre l'oppresseur votre bras est armé.
L'histoire redira votre grandeur modeste :
Tout passe, tout finit ; la vertu seule reste :
De votre intégrité le Monarque est l'appui,
Appui digne de vous, et vous dignes de lui.
« Magistrats, dit le Roi, vous avez mon estime ;
» Soyez justes en tout : votre rôle est sublime. »

De l'honneur, de la gloire, esclaves empressés,
Braves enfans de Mars, gloire à vous ! paraissez :
Offrez à votre Roi vos vœux et votre épée :
Son espérance en vous ne sera point trompée ;
Vous êtes de l'État les plus fermes soutiens ;
Vous êtes à la fois soldats et citoyens.
Achilles dans les camps et Nestors dans les villes,
Écartant de nos murs les discordes civiles,
Aux frontières un jour si l'ennemi paraît,
Vous irez le combattre, et votre fer est prêt ;
Et nos jeunes héros, marchant à la victoire,
Essaîront près de vous le chemin de la gloire.
« Amis, dit le Monarque à ces nombreux héros,

» Puis-je mieux m'appuyer que sur mes généraux * ?

» J'aime à compter sur vous, sur cette vieille armée,

» En tous temps, en tous lieux, à vaincre accoutumée ;

» Je n'ai jamais douté de votre dévoûment :

» Vous me l'avez juré...; vous tiendrez le serment. »

Le barreau suit de près. Brillant de renommée,

Fier de son éloquence en tous lieux estimée,

Il jure de prêter l'appui de son talent

Au pauvre sans défense, à l'orphelin tremblant ;

De ravir aux pervers jusques à l'espérance,

De poursuivre le crime avec persévérance,

De faire triompher la justice et les lois,

Et de mourir plutôt que de vendre sa voix.

Illustres avocats, recevez mon hommage ;

De toutes les vertus vous nous offrez l'image.

Oh ! que j'aime à vous voir, éloquens défenseurs,

Confondre de l'État les nombreux oppresseurs,

Dévoiler leurs complots, foudroyer leur menace,

---

* On se rappelle que Louis XVIII, descendant de voiture, à sa rentrée en France, s'appuya sur l'épaule d'un maréchal, et lui dit : « Je ne » puis mieux m'appuyer que sur mes maréchaux. »

Et venger la patrie en proie à leur audace !
Le Souverain leur dit : « Contre l'homme puissant
» Défendez l'orphelin , la veuve, l'innocent.
» Remplissez vos destins, modernes Démosthènes,
» Et rendez à Paris l'éloquence d'Athènes.
» Ayez Dieu seul pour juge, et pour guide la loi :
» Faisant tout pour l'honneur, vous ferez tout pour moi »

Mais je vois arriver les divers ministères
Entourés de prélats et de grands dignitaires.
Ils s'avancent : le Roi reçoit leurs complimens,
Et leur adresse à tous quelques remercîmens ;
L'assemblée est brillante ; et, du haut de son trône,
Il leur tient ce discours digne de la couronne :
« Ministres, maréchaux, magistrats, citoyens,
» Je sais vos sentimens ; voici quels sont les miens :
» On prétend que la France éprouve des alarmes ;
» Eh bien ! il faut sécher la moindre de ses larmes.
» Pour atteindre ce but, où j'aspire toujours,
» D'un Sully, d'un Colbert il me faut le secours.
» Ces hommes vertueux, d'immortelle mémoire,
» De la seule équité tiraient toute leur gloire ;
» Ils voyaient en pitié l'ingrat, le suborneur,
» Et n'employaient jamais que des hommes d'honneur

» Dont le choix glorieux plaisait à la patrie.

» Leurs soins faisaient fleurir l'honorable industrie.

» De l'orphelin timide appuyant les discours,

» Ils lui rendaient l'espoir, lui donnaient des secours ;

» Au talent malheureux accordaient un asile,

» Fréquentaient peu la cour, se cachaient à la ville,

» Et par de longs travaux détruisant les abus,

» Se faisaient estimer à force de vertus.

» Imitez leur exemple, ayez le même zèle ;

» Des partis irrités apaisez la querelle,

» A force de bienfaits vous devez les gagner :

» En père, comme en roi, sur eux je veux régner.

» Que le pauvre ait du pain ; il le faut ; je l'ordonne ;

» Que l'ouvrier travaille ; à l'erreur qu'on pardonne :

» Songez que les Français, égaux devant la loi,

» Ont tous un droit égal à la faveur du Roi.

» De leurs opinions ne vous informez guères ;

» Il faut que les Français soient un peuple de freres,

» Et non des ennemis de vengeance animés.

» Songez que mes sujets sont des fils bien-aimés ;

» Qu'ils appartiennent tous à la grande famille,

» Où l'honneur parle en maître, où le mérite brille,

» Où chaque citoyen, artiste, auteur, guerrier,

» Législateur, poète, est digne d'un laurier ;

» Où je prétends enfin que la seule vengeance ,
» Le seul art de régner, soit toujours la clémence ;
» Et si quelques ingrats se séparent de moi,
» Je les punis en père et leur pardonne en roi.

» Que dirait l'étranger, s'il voyait dans nos villes
» S'allumer le flambeau des discordes civiles ?
» Les armes à la main, viendrait-il nous unir ?
» Non, de notre grandeur il viendrait nous punir.
» Rompons , rompons le cours des ligues insensées,
» Et mettons à couvert nos gloires amassées :
» L'étranger, contre nous, viendrait nous protéger !
» Sachons plutôt nous vaincre et vaincre l'étranger.

» Du plus grand des Henri vous connaissez l'histoire :
» Chercher à l'imiter, voilà toute ma gloire ;
» Voilà les sentimens dont je suis animé :
» Je veux aimer mon peuple, afin d'en être aimé.
» J'espère, et cet espoir est du moins légitime,
» Conserver son amour en gagnant son estime.
» Réglez-vous là-dessus ; et , pour combler mes vœux ,
» Le cœur de mes sujets est tout ce que je veux. »

Sentimens généreux, et grands, et magnanimes !
Ce discours est couvert de bravos unanimes ;
L'allégresse est entière ; on n'entend qu'un seul cri :
Vive à jamais le Roi ! Vive notre Henri !

PARIS, DE L'IMPRIMERIE DE DECOURCHANT, RUE D'ERFURTH, N° 1, PRÈS DE L'ABBAYE.